LES DRAGONS

nina, le dragon
paillettes dorées

LES FILLES DRAGONS

Azmina, le dragon des paillettes dorées

Maddy Mara

Texte français d'Isabelle Allard

SCHOLASTIC

Catalogage avant publication de Bibliothèque et Archives Canada

Titre: Azmina, le dragon des paillettes dorées / Maddy Mara ; texte français
d'Isabelle Allard.
Autres titres: Azmina the gold glitter dragon. Français.
Noms: Mara, Maddy, auteur.
Description: Mention de collection: Les filles dragons ; 1 | Traduction de :
Azmina the gold glitter dragon.
Identifiants: Canadiana 20210314397 | ISBN 9781443192736 (couverture
souple)
Classification: LCC PZ23.M37 Azm 2022 | CDD j813/.6—dc23

Édition publiée par les Éditions Scholastic, 604, rue King Ouest, Toronto
(Ontario) M5V 1E1 Canada

5 4 3 2 1   Imprimé au Canada 139   22 23 24 25 26

Conception graphique du livre : Stephanie Yang

Pour Madeleine et Asmara

Azmina est étendue sur le ventre dans son nouveau jardin. Il fait chaud pour une journée d'automne, mais elle ne sent pas le soleil sur sa peau. Elle ne remarque pas le chien qui aboie non loin de là. Elle n'entend même pas sa mère qui chantonne en ouvrant des boîtes, dans la maison où elles viennent d'emménager.

Un son étrange a capté l'attention d'Azmina et bloque tout le reste. C'est comme si quelqu'un chuchotait le début d'une chanson.

Forêt magique, Forêt magique,

viens explorer, je t'attends...

Azmina peut voir l'orée d'une forêt par une ouverture dans la clôture. La musique viendrait-elle de là?

Elle n'a pas l'habitude de s'étendre sur le gazon pour admirer les arbres. Elle se considère comme une fille de la ville à part entière. Enfin, c'est ce qu'elle était avant. Elle ne sait pas encore qui elle sera dans ce nouvel endroit. En ville, elle était toujours occupée : cours de chant, soccer avec ses amis, soirées pyjama.

À présent, il n'y a plus personne avec qui organiser des soirées pyjama. Tout a changé depuis que sa mère et elle ont déménagé.

Azmina aime bien ses nouveaux camarades d'école, mais ne s'est pas encore fait de véritables amis.

À l'école, on lui a assigné une table avec deux autres filles, appelées Willa et Naomi. Azmina devine qu'elles vont devenir amies. Elle le sent au fond de son ventre, comme des bulles de boisson gazeuse. Mais elle ne sait pas encore comment agir pour que ça se produise.

Elle pousse un soupir. Elle sait que l'amitié prend du temps, mais déteste être la nouvelle.

Forêt magique, Forêt magique,

viens explorer, je t'attends...

Azmina se redresse. Le chant est plus clair. Il vient de la forêt! Mais il est différent de tous les types de musique qu'elle a entendus auparavant. Cette mélodie est comme le chant d'un millier d'oiseaux associé au gazouillis d'un ruisseau et à un bruissement de feuilles.

Elle se lève d'un bond, court vers la clôture et se penche pour mieux voir. Comme elle vient de la ville, elle n'a jamais vu une véritable forêt d'aussi près et ne peut s'empêcher de la contempler. Les feuilles ont pris les couleurs de l'automne. Ce sont les préférées d'Azmina : rouge feu, orange éclatant, jaune vif. Le sol semble jonché de trésors.

Un arbre attire son attention. C'est le plus grand de tous, pourvu de longues branches gracieuses. Ses feuilles brillent comme si elles étaient faites d'or pur. Azmina sent un frisson d'excitation lui parcourir l'échine. Cet arbre a quelque chose de spécial. De magique.

En observant la forêt, la jeune fille remarque d'autres détails singuliers.

— Je peux sentir des fleurs, murmure-t-elle. Mais ce n'est pas logique! La plupart des fleurs ont disparu à l'automne.

Mais le plus étrange, c'est qu'elle croit sentir une odeur d'ananas et de mangues. Elle ne connaît pas vraiment les forêts, mais elle est certaine que ces fruits ne poussent pas par ici.

Maintenant qu'elle est plus près, elle entend d'autres paroles parmi les arbres.

Forêt magique, Forêt magique,

viens explorer, je t'attends...

Forêt magique, Forêt magique,

entends-tu les rugissements?

Entends-tu les rugissements? Qu'est-ce que ça signifie?

Azmina répète les mots à haute voix, d'abord tout doucement : « Forêt magique, Forêt magique... » Mais chaque fois qu'elle les prononce, sa voix résonne un peu plus fort. Une feuille dorée du grand arbre tourbillonne dans les airs. Elle danse dans le ciel en laissant une traînée brillante derrière elle.

Azmina regarde la feuille qui descend en décrivant des boucles. Lorsqu'elle est au-dessus de sa tête, elle bondit pour l'attraper. La feuille, réchauffée par les rayons du soleil, fait fourmiller ses doigts.

Soudain, Azmina sait ce qu'elle doit faire. Elle se

met à chanter d'une voix claire et sonore :

Forêt magique, Forêt magique,

viens explorer, je t'attends...

Forêt magique, Forêt magique,

entends-tu les rugissements?

Aussitôt, une rafale l'enveloppe et la soulève dans les airs. La jeune fille ferme les yeux pendant qu'elle s'envole, virevolte, puis retombe sur le sol. Cela n'a duré que quelques secondes, mais Azmina sait qu'une chose incroyable s'est produite. Une chose qui va changer sa vie.

Azmina ouvre les yeux et s'aperçoit qu'elle n'est plus dans son jardin, mais debout au milieu de la forêt. De près, c'est encore plus beau qu'elle ne l'avait cru. Des vignes sont enroulées autour des troncs d'arbres, qui portent des fruits qu'Azmina n'a jamais vus auparavant. Des fleurs de toutes les couleurs imaginables couvrent le sol comme un tapis. Des chants d'oiseaux résonnent autour d'elle.

Azmina remarque une petite boule rose duveteuse attachée à une vigne. Pendant qu'elle l'examine, la boule se met à grossir sous ses yeux! En quelques secondes, un fruit mûr s'est formé. Il ressemble à une pêche, mais dégage une odeur de framboise. Incapable de résister, elle le cueille et prend une bouchée. À sa grande surprise, il goûte le chocolat!

Quel est donc cet endroit?

Des odeurs tropicales lui chatouillent les narines, et elle a soudain envie d'éternuer. Elle ouvre la bouche, rejette la tête en arrière et... *ATCHOUM!* Elle adore éternuer! C'est un peu comme se gratter pour calmer une

démangeaison insupportable.

Des étincelles dorées flottent autour d'elle.

Elle regarde cette brume scintillante, étonnée.

Aurait-elle créé cela en éternuant?

Son cœur se met à battre la chamade. Quelque chose d'incroyable est en train de se passer... mais quoi, exactement?

À travers les arbres, elle aperçoit un lac scintillant et décide de s'en approcher. Elle se met à courir. Elle a toujours été une bonne coureuse, mais aujourd'hui, ses jambes ont plus de force et de rapidité que d'habitude. Elle file entre les arbres à toute vitesse et atteint le rivage en l'espace d'un éclair.

Elle s'immobilise en dérapant au bord du lac, puis se penche pour regarder la surface de l'eau. Ce qu'elle y voit lui fait pousser une exclamation. Une magnifique créature la regarde.

Azmina recule d'un bond et se retourne pour

faire face à la créature qui doit se tenir derrière elle. Pourtant, elle est seule. Elle regarde à gauche et à droite. Rien. Cette créature était-elle sous l'eau? Aurait-elle imaginé ce reflet? Elle s'approche prudemment du lac pour y jeter un autre coup d'œil.

La créature est encore là! Elle est couverte d'écailles dorées qui projettent de minuscules cercles de lumière à la surface de l'eau. Deux élégantes oreilles dorées frémissent sur le dessus de sa tête. Des motifs en spirale entourent ses yeux.

C'est un dragon!

— Heu… bonjour? dit Azmina, qui ne sait pas vraiment quoi dire à un dragon.

Pendant qu'elle parle, elle voit la bouche du dragon bouger en même temps.

Elle fixe le dragon des yeux, ne sachant plus quoi penser. Elle bouge la tête, et le dragon bouge la sienne. Elle sort la langue, ET LE DRAGON AUSSI!

Elle regarde ses pieds... sauf qu'elle n'a plus de

pieds. Elle a de grosses pattes dorées.

Interloquée, Azmina recule et s'affale par terre. Elle se retourne pour voir ce qui l'a fait trébucher et aperçoit un énorme serpent doré qui luit au soleil.

— Ah! crie-t-elle, paniquée, en s'éloignant du reptile.

Mais le serpent la suit!

Azmina comprend alors qu'il ne s'agit pas d'un serpent. C'est une queue. Serait-elle attachée à son corps? Elle essaie de la remuer. Oui! La queue balaie l'air de manière satisfaisante en laissant une traînée de paillettes qui scintillent un moment, puis s'évanouissent.

Au même moment, un rugissement retentit près

des buissons. Sans réfléchir, Azmina ouvre la gueule et rugit en réponse. Son rugissement est si fort qu'il fait osciller les arbres! Une fois de plus, des paillettes dorées tourbillonnent dans les airs.

Azmina regarde en direction des buissons. Qu'est-ce qui a poussé ce cri? Une bête avance la tête derrière une fougère. Est-ce un lionceau? Ou un bébé léopard? Le petit animal a une douce fourrure dorée comme un lion, mais son pelage est parsemé de taches. Et ce ne sont pas des taches ordinaires : elles sont d'un jaune fluorescent!

— Bonjour, comme tu es beau! dit Azmina.

Elle tente de chuchoter, mais apparemment, c'est difficile de parler doucement quand on est un dragon!

Le petit animal ne semble pas effrayé. Il bondit vers Azmina comme un chiot. En le voyant de plus près, elle remarque qu'il a de jolies ailes colorées, comme celles d'un papillon.

La jeune fille rit en sentant l'étrange animal frotter son museau sur sa patte. Elle se baisse pour le caresser, mais il s'élève dans les airs d'un battement d'ailes puissant. Il plane juste au-dessus de la tête d'Azmina en exécutant des culbutes avec une expression joyeuse.

— Hé! Reviens, petit lion-papillon! dit Azmina. Je

me demande comment je pourrais t'appeler...
Pourquoi pas Papilion?

Papilion se met à ronronner et vole vers elle pour appuyer sa tête contre sa joue. Ses petites moustaches la chatouillent.

Azmina éclate de rire.

— Je crois que tu es d'accord!

Lorsqu'elle s'étire vers le haut pour le flatter, elle sent qu'elle quitte le sol dans une bouffée d'air. Son ventre se crispe, comme si elle était dans un ascenseur rapide ou des montagnes russes.

Son cœur palpite d'excitation. Elle sait ce qui se passe. En effet, lorsqu'elle tourne la tête, elle aperçoit deux énormes ailes sur son dos. Elles semblent être faites d'or pur et sont ornées de motifs délicats. Chaque fois qu'elle bat des ailes, elle projette une poussière dorée aux alentours.

Azmina sourit, ravie. Elle vole! Elle n'en croit pas ses yeux. Ses rêves préférés ont toujours été ceux où elle volait. À chacun de ses anniversaires, quand elle souffle les bougies sur son gâteau, son souhait est toujours le même : *je voudrais pouvoir voler...*

Papilion pousse sa poitrine avec sa tête, puis s'éloigne en voltigeant.

— Tu veux que je te suive? demande Azmina en voletant sur place.

Le petit animal hoche la tête et émet un son qui ressemble au mot « oui ».

— Un instant, viens-tu de parler? s'écrie

Azmina.

— Non, répond Papilion. Tu l'as juste imaginé.

— Qu-quoi? bafouille-t-elle, décontenancée.

Avant qu'elle puisse lui poser d'autres questions, il s'éloigne en regardant par-dessus son épaule pour vérifier qu'elle le suit.

— J'arrive! s'écrie-t-elle. Mais je ne suis pas aussi rapide que toi. Je n'ai pas l'habitude de voler, tu sais.

À chaque battement d'ailes, Azmina sent qu'elle est un peu plus en contrôle. Elle demeure tout de même près du sol, juste au cas où elle tomberait. Papilion file près d'elle en décrivant des boucles dans les airs.

— Arrête de faire le fanfaron! dit Azmina en

riant. Je vais devenir aussi bonne que toi avec un peu de pratique.

En peu de temps, ils arrivent à un endroit où les arbres sont trop denses pour leur permettre de voler. Papilion se pose doucement sur le sol et s'avance vers une ouverture étroite dans un fourré.

Une lumière couleur de miel doré en jaillit.

— Il faut qu'on passe par là? demande Azmina en se posant maladroitement près de son nouvel ami.

Elle va devoir s'exercer à décoller et atterrir!

— Tu dois y aller sans moi, dit l'animal en ronronnant. Mais on se reverra bientôt.

— Ah! Tu peux parler! s'exclame Azmina.

Papilion a un petit rire.

— Bien sûr que oui! Tous les animaux de la Forêt magique parlent, quand on sait les écouter.

— Vraiment? C'est génial!

Cette information lui paraît presque aussi excitante que d'avoir découvert qu'elle était un dragon.

Elle est triste de quitter Papilion, mais curieuse de voir ce qui se trouve au-delà des arbres. Elle le gratte derrière les oreilles en guise de remerciement, prend une grande inspiration et se glisse dans l'ouverture. C'est très étroit et les branches l'égratignent au passage, mais elle continue d'avancer. Que trouvera-t-elle de l'autre côté?

En se faufilant pour franchir le dernier buisson,

Azmina trébuche sur une racine et tombe en plein

sur son visage. Comme si ce n'était pas assez, elle

émet un hoquet sonore. Cela lui arrive souvent

d'avoir le hoquet, mais c'est la première fois qu'il

produit une petite flamme dorée!

Après un autre hoquet enflammé, elle se relève

et regarde autour d'elle. L'air a quelque chose d'étrange. Il frémit, comme lors d'une journée très chaude. Pourtant, il fait agréablement frais sous les arbres.

Azmina tente de toucher l'air chatoyant... et sa patte disparaît! Elle la ramène aussitôt vers elle et la voit réapparaître.

S'agirait-il d'une espèce de portail? Ou d'un champ de force? C'est très curieux, mais elle n'a pas peur. Papilion l'a conduite jusqu'ici et elle lui fait confiance.

Elle prend une grande inspiration et s'avance dans l'air chatoyant. Elle éprouve une sensation feutrée de souffle d'air, puis se retrouve dans une clairière nimbée de lumière. L'herbe à l'odeur parfumée est moelleuse comme un nuage sous ses pattes. Des fleurs en forme de clochettes tintent en oscillant dans la brise. Des papillons voltigent en fredonnant de douces mélodies.

Au milieu de la clairière s'élève un seul arbre. Ses branches luisantes sont couvertes de feuilles dorées frémissantes. Le cœur d'Azmina cesse de battre une seconde. C'est le magnifique arbre qu'elle a vu de son jardin!

Un superbe dragon multicolore plane dans les airs à côté de l'arbre. Sa forme et sa taille sont similaires à celles d'Azmina, mais ses écailles sont violettes et des rayures arc-en-ciel couvrent ses ailes et son corps.

— Heu… bonjour! dit Azmina. Je sais que j'ai l'air

d'un dragon, mais en fait, je suis une fille.

Le dragon arc-en-ciel projette des paillettes multicolores par ses narines.

— Tu dois être une fille dragon, comme moi. Tu es Azmina, n'est-ce pas?

Sa voix semble humaine, quoique bien plus sonore. Azmina a l'impression de la reconnaître.

— Comment le sais-tu? demande-t-elle.

Dans son for intérieur, elle se dit : *Qu'est-ce*

qu'une fille dragon?

Le dragon arc-en-ciel projette une autre bouffée de paillettes.

— On a été prévenues de ton arrivée. On aurait bien voulu t'en parler à l'école, mais on avait promis d'attendre.

Azmina réplique, interloquée :

— On? Il n'y a pas que nous deux?

— Non! La troisième est...

Avant que la fille dragon puisse terminer sa phrase, un autre dragon franchit le champ de force chatoyant et en émerge, le museau en premier, dans un bruissement d'air.

Azmina a un petit grognement de surprise et agite les ailes. Elle s'élève dans les airs, fait une culbute maladroite et atterrit brutalement. Des papillons s'envolent dans toutes les directions.

La nouvelle fille dragon est d'un bleu argenté éblouissant et ses yeux verts pétillent. Elle tend une patte pour aider Azmina à se relever, avec un petit rire indulgent.

— Ne t'en fais pas. Quand j'ai volé pour la première fois hier, j'ai foncé dans un arbre.

Elle se tourne vers la fille dragon arc-en-ciel.

— Salut, Naomi. Tu es arrivée tôt!

Azmina se retourne.

— Naomi? De l'école?

— Tu as deviné!

La fille dragon arc-en-ciel sourit et son amie éclate de rire. Azmina a déjà entendu ce rire.

— Willa! s'écrie-t-elle.

La fille dragon argentée hoche la tête.

— Oui, c'est moi! Incroyable, hein? J'ai encore du mal à y croire. Pourtant, Naomi et moi avons eu vingt-quatre heures pour nous habituer.

Azmina n'a généralement pas la langue dans sa poche. Mais en ce moment, elle est muette de stupeur.

— Je sais que c'est beaucoup à encaisser, dit Naomi, comme si elle pouvait lire dans son esprit. Mais il va falloir t'y faire. Tu as encore plein de choses à découvrir aujourd'hui. Entre autres, la raison pour laquelle on nous a convoquées ici.

— On nous a convoquées? répète Azmina.

Elle repense au chant qu'elle a entendu dans son

jardin. Elle comprend mieux, maintenant. La forêt

l'appelait!

— C'est la seule façon d'entrer dans la Forêt

magique, explique Willa. Seuls ceux qui ont de

bonnes intentions peuvent entrer dans cette

clairière spéciale. La Reine Arbre nous l'a expliqué

hier. Pour un être méchant, l'air chatoyant serait

aussi dur que du béton.

— Qui est la Reine Arbre? demande Azmina.

Willa émet une bouffée de fumée argentée

en riant.

— Tu vas bientôt le découvrir. Reine Arbre? Tout

le monde est là.

Azmina regarde autour d'elle. D'après ce qu'elle

peut voir, il n'y a personne d'autre dans la clairière.

Soudain, le grand arbre au centre se met à osciller.

On dirait presque qu'il danse.

Peu à peu, la partie inférieure du tronc se transforme en jupe ondoyante de couleur vert mousse. Les branches deviennent d'élégants bras. Un visage encadré d'une longue chevelure se dessine dans le haut du tronc.

— Merci d'être venues, les filles dragons, dit la Reine Arbre d'une voix chaude et ferme. Bienvenue à toi, Azmina, le dernier membre du groupe des paillettes. Je suis la Reine Arbre de la Forêt magique. C'est moi qui t'ai convoquée ici.

— Le groupe des paillettes? répète Azmina en souriant.

Cela explique les paillettes projetées dans les airs à chacun de ses mouvements, éternuements, hoquets et rugissements!

La Reine Arbre lui sourit et précise :

— Oui! Willa est le dragon des paillettes argentées, Naomi est le dragon des paillettes arc-en-ciel, et toi, tu es le dragon des paillettes dorées. Tu arrives juste à temps. Nous avons besoin de ton aide.

Azmina sent un courant d'énergie lui traverser le corps. Elle espère que cette aide l'obligera à voler.

— Les Esprits de l'Ombre sont revenus, ajoute la reine d'un ton sérieux.

— Les Esprits de l'Ombre? répète Azmina. Sont-ils méchants?

— J'en ai bien peur, répond la reine. Il y a très longtemps, une reine cruelle régnait sur la Forêt magique. La Reine de l'Ombre. Les Esprits de l'Ombre étaient ses assistants. La forêt était alors un lieu sauvage et menaçant. Il a fallu de nombreuses années pour vaincre la Reine de l'Ombre et ses esprits. Nous pensions qu'ils étaient bannis pour de bon. Mais ils ont été aperçus récemment dans la forêt.

Elle pousse un soupir et poursuit :

— Je crains que les Esprits de l'Ombre ne tentent de reprendre le contrôle de la forêt pour permettre le retour de la Reine de l'Ombre. Azmina, si nous n'agissons pas rapidement, ton premier séjour dans la Forêt magique sera peut-être ton dernier.

Azmina s'exclame, horrifiée :

— Il faut les arrêter!

— Absolument! ajoute Willa.

— Il n'est pas question de laisser ces esprits détruire la Forêt magique, renchérit Naomi.

— Je suis heureuse de vous l'entendre dire, s'exclame la reine.

Ses branches remuent et ses feuilles bruissent, comme agitées par un grand vent. Azmina l'observe, ne sachant pas ce qui se passe. Les mouvements de la reine ralentissent et elle tend un de ses longs bras, qui tient une énorme pomme dorée luisante.

— Regardez dans la pomme magique, les filles dragons, dit-elle.

Azmina, Willa et Naomi se penchent pour observer la pomme géante. Au début, Azmina ne voit rien d'autre que leurs visages de dragons sur

la surface luisante du fruit. Mais peu à peu, des formes commencent à émerger. C'est comme regarder dans une boule de cristal.

La Forêt magique

apparaît. Azmina voit de vieux arbres, des lacs scintillants, des champs de fleurs mystérieuses. Tout est baigné d'une lumière dorée.

Puis elle remarque une chose étrange. Les lieux prennent une teinte grisâtre, comme si quelqu'un avait retiré les couleurs! Sous son regard horrifié, les arbres et les fleurs commencent à flétrir.

Azmina regarde les autres avec un regard inquiet.

— Ce doit être l'œuvre des Esprits de l'Ombre! dit Naomi.

— C'est comme s'ils volaient la lumière du soleil, ajoute Willa, qui fixe la pomme magique de ses yeux écarquillés.

La Reine Arbre hoche la tête sagement.

— La lumière du soleil, le clair de lune... Ils veulent prendre tout le bonheur, toutes les couleurs. Ils veulent faire de la forêt un endroit d'une grisaille infinie. Ainsi, ils auront plus de pouvoir. Ils ne s'arrêteront pas avant que le dernier scintillement n'ait disparu et que la Reine de l'Ombre puisse de nouveau régner.

Azmina donne un petit coup d'aile et est soulagée de voir des paillettes dorées scintiller autour d'elle.

La reine sourit.

— Ne t'inquiète pas, Azmina. Ici, dans la clairière, vous êtes en sécurité. Mon champ de force magique est trop puissant pour les Esprits de l'Ombre. Du moins, pour le moment. Mais la

Forêt magique est immense et mes pouvoirs n'en couvrent qu'une partie. Je ne peux pas combattre les Esprits de l'Ombre toute seule.

Ses branches se balancent de part et d'autre.

— Je vais vous aider! s'exclame Azmina. Willa et Naomi aussi, j'en suis sûre!

Les deux filles dragons hochent la tête en souriant.

— Bien sûr que oui, dit Willa. On forme une équipe. L'équipe des filles dragons!

Azmina sent une douce chaleur l'envahir. C'est agréable de faire partie d'une équipe.

— Merci, les filles dragons, dit la reine avec une expression sérieuse. Mais je dois vous prévenir. Cette quête sera dangereuse. Et vous ne vous connaissez pas encore très bien. Serez-vous capables de travailler ensemble?

Azmina hésite. Willa et Naomi sont déjà des amies et s'entendent sûrement à merveille. Mais pourra-t-elle s'intégrer? Elle croise le regard de Willa, puis celui de Naomi. Pensent-elles la même chose?

L'expression de Naomi fait aussitôt place à un grand sourire, et Azmina lui sourit à son tour, soudain pleine de confiance.

— Oui, on peut travailler ensemble.

La reine hoche la tête, les yeux pétillants.

— J'en suis convaincue.

— Azmina, cueille la pomme sur ma branche, dit la Reine Arbre.

Azmina lui obéit. La pomme est surmontée d'une unique feuille.

— Tourne la feuille, ajoute la reine.

Ce n'est pas évident avec des griffes, mais Azmina y parvient. Aussitôt, la pomme s'ouvre en deux moitiés égales. L'intérieur est creux et luisant comme un bol doré.

— Une ancienne potion pourrait empêcher les Esprits de l'Ombre de voler la lumière du soleil, explique la reine. Vous devrez réunir tous les ingrédients et les mettre dans la pomme magique. Mais prenez garde, filles dragons! Les ingrédients sont puissants et difficiles à trouver.

— Avez-vous remarqué qu'il fait plus froid et plus sombre? demande Naomi.

— Tu as raison! Est-ce déjà la nuit? demande Azmina en regardant autour d'elle.

Le ciel est en effet plus gris qu'auparavant.

— Non, c'est à cause des Esprits de l'Ombre, répond la reine. Regardez la pomme.

Azmina replace les deux moitiés de pomme l'une contre l'autre et une image apparaît. Cette fois, elle montre le soleil doré de la Forêt magique. Mais il y a un détail étrange : une partie du soleil ne brille pas.

— Ça n'annonce rien de bon, marmonne Naomi.

— Tu as malheureusement raison, dit la Reine Arbre. Si vous ne trouvez pas rapidement les ingrédients de la potion, je crains que le soleil ne brille plus jamais.

Les filles dragons la regardent, horrifiées.

— On ne les laissera pas faire! dit Azmina d'un
ton résolu.

Elle vient juste de découvrir la Forêt magique.
Il n'est pas question qu'on la lui enlève si vite!

— Vous devrez être prudentes, dit la Reine
Arbre. Les Esprits de l'Ombre sont rusés. Ils feront
tout en leur pouvoir pour vous arrêter.

Tout à coup, Azmina croit voir un mouvement
de l'autre côté du champ de force. Était-ce une
silhouette qui se glissait entre les arbres? Mais
lorsqu'elle regarde de nouveau, il n'y a plus rien.

Une brise s'est mise à souffler dans la forêt. Les
arbres frôlent le champ de force comme des
branches effleurant une fenêtre.

— Il n'y a pas de temps à perdre, les filles dragons! dit la reine. Plus vite vous aurez les ingrédients, plus vite nous pourrons concocter la potion.

Les feuilles de la reine bruissent et Azmina voit quelque chose se soulever, tourbillonner dans les airs et se poser à ses pieds. Elle se penche pour ramasser l'objet. C'est une espèce de sac fait d'un matériau étrange, à la fois solide et souple.

— Ceci te servira à transporter la pomme, Azmina, explique la Reine Arbre.

Willa et Naomi l'aident à fixer le sac sur son épaule et autour de son corps. Le sac repose contre sa poitrine et se marie parfaitement aux teintes dorées de sa peau luisante. Lorsqu'elle y dépose la pomme, on voit à peine un renflement. C'est vraiment un sac très spécial!

Azmina agite les ailes, répandant des paillettes autour d'elle. Elle a hâte de décoller. D'accord, elle a un peu peur, surtout en pensant aux Esprits de l'Ombre qui rôdent dans les environs. Mais c'est tout de même excitant.

— Quels sont les ingrédients? demande-t-elle avec empressement.

— Il vous faudra réunir trois choses, alors écoutez bien, dit la reine.

Les filles dragons s'approchent pour mieux entendre sa voix douce.

— D'abord, il vous faudra des graines de tournesol dorées de la Vallée secrète. Vous devrez les réduire en poudre.

Azmina hoche la tête. Des graines de tournesol devraient être faciles à récolter. Cette potion sera un jeu d'enfant!

— Le deuxième ingrédient est du miel des abeilles luisantes de la Ville Sphère, poursuit la reine.

Azmina sent sa confiance s'émousser. Des abeilles luisantes? La Ville Sphère? Elle n'a aucune idée de ce que ça veut dire. Mais Willa et Naomi sont probablement au courant.

À l'extérieur de la clairière, la brise s'est transformée en un grand vent.

— Le dernier ingrédient est le plus difficile à obtenir, dit la reine en haussant la voix pour couvrir le vent. Il s'agit de…

Mais le vent souffle contre le champ de force, les empêchant d'entendre la fin de la phrase.

Azmina croit avoir perçu le mot *étincelle*, mais n'en est pas certaine.

— Pardon, avez-vous dit…

Mais il est trop tard. La reine a déjà commencé à se transformer en arbre. Sa robe, son visage, ses longs bras reprennent leur apparence de bois et d'écorce.

Azmina se tourne vers ses amies.

— Avez-vous entendu ses derniers mots? A-t-elle dit « étincelle »?

— Désolée, je n'ai pas entendu.

— Je crois plutôt qu'elle a dit « étincelant »,

déclare Naomi. Hier, quand on s'exerçait à voler, j'ai vu un arbre étincelant. Je parie qu'il faut prendre un peu de son écorce.

— J'ai vraiment entendu « étincelle », insiste Azmina.

Naomi plisse le museau.

— Hum. Je suis convaincue que c'était « étincelant ».

Willa bat des ailes et se soulève de terre.

— Oublions ça pour le moment, dit-elle. Occupons-nous plutôt du premier ingrédient. Des graines de tournesol de la Vallée secrète, c'est bien ça?

Ses deux amies hochent la tête.

— Eh bien, allons là-bas! conclut-elle.

— Connaissez-vous le chemin? demande Azmina.

Les deux autres font signe que non.

Soudain, Azmina sent une légère pression dans son cou.

— Papilion! s'écrie-t-elle en frottant sa tête contre lui. D'où viens-tu comme ça?

— J'apparaîtrai toujours quand tu auras besoin de moi. Allons-y! dit-il de sa voix ronronnante et chaleureuse.

Le petit animal doré agite ses ailes de papillon

et s'élève dans les airs.

Azmina n'a pas le temps de s'inquiéter de ses capacités de voler. Elle doit le suivre de près!

— Venez! lance-t-elle à Willa et Naomi. Il va nous montrer le chemin!

Ils volent tous les quatre au-dessus des arbres. C'est une sensation incroyable! En fait, c'est si amusant qu'Azmina en oublie presque leur importante mission. Presque, mais pas tout à fait. Plus ils s'éloignent, plus la lumière du soleil diminue. Mais cet obscurcissement n'est pas comme un beau coucher de soleil. Il s'agit d'un phénomène étrange et bien plus terrible.

Azmina serre les mâchoires. Elle ne va PAS laisser les Esprits de l'Ombre s'emparer de la lumière du soleil et du clair de lune. Cet endroit est trop brillant et merveilleux!

Voler, c'est amusant, mais c'est exigeant physiquement, surtout lorsqu'on est face au vent. À mesure qu'elle gagne de la confiance, Azmina ne peut s'empêcher d'imiter certains des mouvements exécutés par Papilion un peu plus tôt.

— Génial! dit Naomi en s'approchant. Hé, as-tu

essayé ça?

Elle effectue une série de mouvements fluides. Elle descend en piqué sur la gauche, puis tourne sur elle-même pour revenir à droite. Elle montre ensuite aux autres comment basculer et voler en faisant face au ciel. Ce n'est pas aussi facile que ça en a l'air! Finalement, elle exécute une descente torpille ultra rapide.

Willa et Azmina tentent de reproduire ses mouvements. Elles s'en tirent plutôt bien... jusqu'au moment où leurs queues s'entremêlent!

— Il va falloir s'exercer pour celui-là! dit Azmina avec un petit rire en retournant près de Naomi.

— Je suis d'accord! réplique Willa en souriant. Je ne me lasserai jamais de m'exercer à voler!

Au même moment, Naomi s'écrie :

— Regardez!

Elles survolent un champ de tournesols, tapi entre deux hautes montagnes au sommet couvert de neige d'une teinte violacée. Les tournesols ressemblent à ceux qu'Azmina a déjà vus dans le monde normal, à l'exception d'un détail notable : leur centre brille comme s'il était éclairé de l'intérieur. Étrangement, une délicieuse odeur de maïs soufflé au beurre s'élève du champ.

— Atterrissons! s'écrie-t-elle en voyant Papilion descendre vers les fleurs.

Elle file dans sa direction.

— Ces fleurs sont extraordinaires! lance Willa en atterrissant à son tour.

Elle a raison. Maintenant qu'elle est au sol, Azmina remarque que les graines au centre de

chaque fleur ont l'air de petites ampoules dorées! Mais certaines ne semblent pas fonctionner correctement. Leur lumière vacille et quelques-unes sont même éteintes.

Azmina sent son cœur se serrer. Les Esprits de l'Ombre seraient-ils dans les parages, en train de voler la lumière de ces fleurs? Elle regarde autour d'elle. Elle ne voit rien, mais a l'étrange impression que les esprits sont tout près et les observent.

Il n'y a donc pas de temps à perdre. De sa patte, elle entoure la tige d'une fleur qui brille plus que les autres et la secoue doucement.

Des graines tombent de la fleur et s'éparpillent sur le sol. Pendant que ses deux amies approchent, Azmina en prend une. Elle est lisse et chaude.

— La Reine Arbre a dit qu'il fallait les réduire en poudre, se souvient Azmina. Comment doit-on s'y prendre?

— On pourrait peut-être les piétiner? suggère Willa.

Azmina sourit et se met à sauter sur les graines. À sa grande surprise, elles s'émiettent pour former une fine poudre. Elle a toujours été plutôt forte, mais maintenant, elle a une force de dragon!

Elle sort la pomme de son sac et fait pivoter la feuille pour ouvrir le fruit. Elle y verse délicatement la poudre de tournesol scintillante. Cette dernière pétille doucement en glissant vers le fond et émet une minuscule bouffée de vapeur odorante.

Les trois filles dragons se sourient.

— Ce n'était pas difficile, remarque Naomi.

— Plus simple que je ne le croyais, ajoute Willa. Pensez-vous que les deux autres ingrédients seront aussi faciles à obtenir?

Papilion s'élève dans les airs, désireux de repartir.

— Il n'y a qu'un moyen de le savoir! dit Azmina. Allons-y!

Plus elle vole, plus elle acquiert de la vitesse et de l'agilité. Elle voudrait s'exercer à reproduire la série de mouvements de Naomi, mais elles doivent demeurer concentrées sur leur mission. Elle agite ses ailes puissantes et sent l'air glisser le long de son corps luisant. Elle se sent forte et confiante. Elles pourront régler le problème de la forêt, elle en est convaincue.

Papilion vole de plus en plus haut, suivi par les filles dragons, jusqu'à ce que la forêt ressemble à un tapis de mousse verte vu du ciel.

— Comme c'est beau! s'exclame Willa en s'approchant d'Azmina.

Cette dernière hoche la tête et une traînée de

paillettes dorées se répand dans son sillage.

— Oui, c'est très beau, dit Naomi en les rejoignant. Mais avez-vous remarqué que tout est plus sombre?

Elle a raison. On dirait que la nuit a commencé à tomber.

Devant elles, Papilion amorce sa descente et les conduit vers le sommet des arbres. En approchant du sol, Azmina remarque une étrange lueur entre les arbres. De quoi peut-il bien s'agir?

Puis elle aperçoit la source de la lumière. D'énormes sphères brillantes pendent des branches.

— Est-ce que ce sont des lanternes? se demande-t-elle à haute voix.

— Non! Ce sont des ruches! s'écrie Willa.

De petits points brillants voltigent tout autour des ruches, telles de minuscules lumières scintillantes.

— Mais les abeilles ne luisent pas comme ça, dit Naomi. Ce sont sûrement des lucioles.

Puis les trois filles dragons comprennent où elles se trouvent.

— Des abeilles luisantes! s'écrient-elles en chœur.

Azmina sourit. Le deuxième ingrédient est le miel des abeilles luisantes. On dirait bien qu'il sera aussi facile à recueillir que les graines de tournesol!

Ils se dirigent tous les quatre vers les sphères.

Mais en s'approchant, Papilion les prévient.

— Attention! Les abeilles luisantes sont nerveuses. Il ne faut pas se précipiter vers elles.

Les filles dragons s'arrêtent et volent sur place. Azmina entend le bourdonnement des abeilles luisantes. Il semble légèrement électrique et plus sonore que celui des abeilles normales.

— L'une de nous pourrait aller leur demander poliment du miel, suggère-t-elle.

Les deux autres se regardent.

— Tu devrais y aller, Azmina, dit Willa.

— Je suis d'accord, ajoute Naomi.

— Pourquoi moi? bafouille Azmina, étonnée.

— Parce que tu es amicale et drôle, et que tu as de la facilité à communiquer, répond Willa. Je ne saurais pas quoi leur dire.

— Bon, d'accord.

C'est agréable de savoir que les deux autres lui font confiance pour parler aux abeilles. Même si elle a des doutes!

Willa sourit.

— Ne t'inquiète pas. On va rester tout près.

Azmina hoche la tête. Elle espère avoir l'air plus courageuse qu'elle ne l'est. Les trois filles dragons volent en direction des sphères en prenant soin de ne pas effleurer les abeilles avec leurs ailes. La dernière chose qu'elles souhaitent, c'est de provoquer leur colère. Azmina avale sa salive. Les abeilles sont bien plus grosses vues de près!

Au début, les abeilles ignorent Azmina et volent autour d'elle comme si elle était simplement un arbre volant doré à la forme bizarre. Elle toussote en projetant quelques paillettes dorées pour essayer d'attirer leur attention, et l'une d'elles s'immobilise dans les airs.

— Peux-tu arrêter de faire ça? C'est très

énervant, bourdonne-t-elle avec irritation.

— Pardon, dit poliment Azmina. Je suis venue vous demander un service. C'est quelque chose d'urgent, il faut agir *dard-dard!*

Une autre abeille s'approche.

— Les abeilles luisantes ne rendent pas de service!

— Et on déteste les blagues d'abeilles! ajoute la première.

— Si vous ne nous aidez pas, toute la forêt va perdre ses couleurs! lance Naomi, qui plane non loin de là.

— Chut! chuchote Willa.

Naomi hausse les épaules avec une grimace désolée.

— Excusez-moi pour le jeu de mots, dit Azmina. C'est juste que c'est très important. Serait-ce possible de parler à votre reine?

Un essaim d'abeilles s'approche en bourdonnant de colère.

— Les abeilles luisantes n'ont PAS de reine, mais

une présidente élue démocratiquement. Il est évident que vous ne savez rien sur nous!

Oh là là! Ça ne se passe PAS très bien, pense Azmina. Il faut qu'elle trouve une solution.

— Vous fabriquez le meilleur miel de la Forêt magique, s'empresse-t-elle de dire de la voix qu'elle utilise généralement pour demander plus de crème glacée.

Cela fonctionne parfois avec sa mère. Les abeilles bourdonnent de nouveau, avec une intonation de fierté, cette fois.

— Et votre miel spécial pourrait être d'une grande aide pour la Forêt magique, ajoute Azmina.

Les abeilles s'écartent pour laisser passer l'une d'entre elles.

— Quel genre d'aide? demande la nouvelle venue. Je suis la présidente des abeilles. Quel est le problème, au juste?

— Avez-vous remarqué que le soleil ne brille pas beaucoup, aujourd'hui? demande Azmina.

Un bourdonnement accueille ses paroles.

— Toutes les fleurs ont déjà commencé à se refermer, même si ce n'est pas la fin de l'après-midi! lance une abeille.

— C'est à cause des Esprits de l'Ombre, crie Naomi.

Le bourdonnement s'intensifie et les abeilles semblent en colère.

— Ne vous inquiétez pas, dit Azmina. On va préparer une potion spéciale pour les en empêcher. On a déjà un des ingrédients, mais il nous faut aussi un peu de votre miel.

Elle sourit aux abeilles. Elles vont sûrement

accepter. S'il n'y a plus de soleil, il n'y aura pas de fleurs. Et sans fleurs, pas de miel!

Les abeilles bourdonnent si fort que de petites étincelles jaillissent dans les airs.

— Absolument pas! crie une abeille.

— Les abeilles luisantes ne donnent PAS leur miel! ajoute une autre. Nous travaillons très fort pour le fabriquer. Pourquoi le donner sans rien recevoir en retour?

— Mais on essaie d'aider la forêt! proteste Naomi. Vous, les abeilles...

— Vous avez raison! l'interrompt Azmina avant qu'elle puisse terminer sa phrase.

Les abeilles ont de longs dards scintillants. Elle ne veut pas découvrir à quel point ils sont acérés!

— On ne s'attend pas à ce que vous nous donniez votre miel, ajoute-t-elle. On pourrait vous offrir quelque chose en échange. Des paillettes, par exemple? Du miel pailleté, ce serait extraordinaire!

Les abeilles se regroupent en bourdonnant doucement. Les filles dragons échangent un regard inquiet.

Le groupe d'abeilles se sépare et la présidente vole vers Azmina.

— Toutes les abeilles sont d'accord : notre miel est parfait comme il est. Vous pouvez garder vos paillettes.

Azmina l'écoute, déçue. Qu'est-ce qu'elles vont faire, maintenant?

Mais la présidente n'a pas terminé.

— Par contre, j'ai quelque chose à vous proposer : une compétition de vol. Les abeilles contre les filles dragons. Si vous suivez le même parcours en réussissant aussi bien que nous, vous recevrez du miel en guise de récompense. Qu'en dites-vous?

Les filles dragons se regardent. Les abeilles ont volé toute leur vie. Et c'est la première journée de vol d'Azmina! Cela ne semble pas être une compétition très loyale. Mais ont-elles le choix?

Il est évident que les deux autres filles dragons pensent la même chose. Naomi hausse les épaules, puis hoche la tête. Willa fait de même.

Azmina se tourne vers la présidente des

abeilles :

— Défi accepté!

Les abeilles se disposent aussitôt en rangées. En quelques secondes, elles ont formé de longues files luisantes. Leurs minuscules ailes battent si vite que l'air bourdonne comme un moteur bien huilé.

— Ça ne sera pas facile, marmonne Willa.

— Ne t'inquiète pas, chuchote Azmina. Au moins, nos ailes sont plus grosses. On ira sûrement plus vite.

— Qu'est-ce qu'il faut faire, exactement? demande Naomi à la présidente.

— D'abord, vous devez voler trois fois autour de chaque arbre où il y a une ruche.

Azmina regarde autour d'elle et aperçoit trois

arbres avec une ruche sphérique suspendue à une branche.

— Mais vous ne devez PAS les heurter, sinon les abeilles à l'intérieur seront très fâchées, poursuit la présidente.

— Vous êtes encore plus nombreuses? s'étonne Azmina.

— Oh oui! répond la présidente. Et si vous les dérangez, elles ne seront pas contentes. Croyez-moi, une abeille malheureuse ne donne pas d'heureux résultats!

Azmina déglutit. S'il y a un objet sur son chemin, elle trébuche dessus à coup sûr. Sa mère dit même à la blague qu'elle trébuche sur des choses qui ne sont pas là! *Ce sera peut-être*

différent maintenant que je suis une fille dragon, pense-t-elle avec espoir.

— Après avoir fait le tour des trois arbres à ruche, poursuit la présidente, vous devrez exécuter une routine.

— Une quoi? bafouille Naomi.

Mais l'essaim d'abeilles a déjà décollé dans un

arc gracieux. Elles contournent le premier arbre en décrivant des boucles, puis passent au prochain. Lorsqu'elles ont fini, elles volent si rapidement qu'elles ressemblent à une queue de comète brillante.

Ensuite, les abeilles volent au-dessus des filles dragons. Elles se mettent à tournoyer de gauche à droite, de bas en haut, en créant des motifs scintillants dans les airs. On dirait que quelqu'un trace un dessin avec un cierge magique.

— On n'est pas sorties du bois! murmure Willa, faisant écho aux pensées d'Azmina. On n'arrivera jamais à faire aussi bien qu'elles.

7

Naomi s'exclame, paniquée :

— On n'a pas eu le temps de s'exercer!

— Ça va aller, dit Azmina en espérant que ce sera le cas. Faisons ta routine, Naomi. Tu sais, celle qu'on a répétée en venant ici?

— Celle où Willa et toi avez emmêlé vos queues

et failli vous écraser au sol? réplique Naomi en haussant un sourcil.

— Oui, répond Azmina. Mais cette fois, on ne les emmêlera pas. Hein, Willa?

Cette dernière hoche la tête avec nervosité.

— C'est un plan audacieux, dit Naomi en soupirant. Mais c'est le seul dont on dispose. Alors, allons-y!

— À votre tour, les dragons, bourdonnent les abeilles. Un, deux, trois!

Les trois filles dragons décollent et se dirigent vers le premier arbre. Elles contournent les arbres une, deux, puis trois fois en laissant une traînée scintillante dans leur sillage. Comme elles sont beaucoup plus grosses que les abeilles, leurs cercles sont plus larges. Le premier est un peu inégal, mais le deuxième est parfait. Lors de son troisième tour,  Azmina sent son aile effleurer une ruche. À son grand soulagement, la ruche ne bouge pas et aucune abeille en colère n'en sort.

— On a fait la moitié! s'exclame-t-elle en regardant ses amies.

— Oui, mais il reste la partie la plus difficile! réplique Willa.

— Faites simplement comme moi, dit Naomi en obliquant à gauche.

Azmina et Willa l'imitent. Et elles réussissent parfaitement! Puis, Naomi bascule vers la droite, aussitôt suivie par ses amies. Azmina pense entendre un bourdonnement impressionné. Voler ensemble de cette manière, c'est très amusant. Elle voudrait seulement avoir eu le temps de répéter la torpille.

Naomi rentre la queue et amorce le dernier mouvement. Elle file vers le sol en tournoyant à toute vitesse. Willa et Azmina échangent un coup d'œil.

— Prête? On y va! lance Willa.

Azmina tourne si vite qu'elle ne voit pas Willa à ses côtés, mais sent sa présence.

— Yahou! crient les abeilles.

Puis, au moment où les filles dragons se mettent à ralentir, il y a un pépin.

— Quelque chose a attrapé ma patte! s'écrie Willa.

Azmina se tourne et voit Willa chuter soudainement. Elle aperçoit deux minces silhouettes grises qui disparaissent entre les arbres. Les Esprits de l'Ombre!

Sans réfléchir, elle s'élance vers son amie. Elle sent quelqu'un sur son flanc, et durant un horrible moment, croit qu'il s'agit d'un Esprit de l'Ombre. Puis elle distingue des paillettes arc-en-ciel. C'est Naomi!

— Attrape-la! rugit son amie.

Avec une dernière poussée d'énergie, Azmina

réussit à saisir l'aile gauche de Willa. Au même moment, Naomi attrape son aile droite.

— Merci, les filles! dit Willa avec un soupir lorsque ses deux amies la déposent doucement sur le sol. Je suis désolée. J'ai tout gâché. Les abeilles ne nous donneront jamais de miel, maintenant.

Azmina hausse les épaules.

— Le plus important, c'est que tu sois saine et sauve.

— Exactement, renchérit Naomi. On pourrait peut-être utiliser autre chose que leur miel dans la potion?

— Rien ne peut remplacer le miel luisant! intervient la présidente, qui voltige au-dessus d'elles.

Azmina a soudain une idée.

— Est-ce vrai que la chose la plus importante pour les abeilles, c'est de travailler ensemble? demande-t-elle.

— Tout à fait! bourdonne la présidente. Comme disent toujours les abeilles, la clé du rendement est de travailler harmonieusement.

— Le travail d'équipe est tout aussi important pour les filles dragons, rétorque Azmina. Très, très important. Si l'une d'entre nous a un problème, on l'aide aussitôt. Même si cela gâche notre routine.

— Réunion de groupe! s'écrie la présidente.

Les autres abeilles s'approchent pour former une grosse boule bourdonnante.

Les filles dragons les observent avec inquiétude. Que se passe-t-il?

Puis le groupe se sépare et la présidente revient vers elles.

— Après avoir discuté, tout le monde est d'accord. Le travail d'équipe est essentiel. Vous pouvez donc avoir du miel.

Un groupe d'abeilles vole vers Azmina en tenant une feuille. Sur cette dernière se trouve une goutte d'une substance mi-liquide, mi-solide, qui brille comme de l'ambre poli.

— C'est tellement beau! s'exclame Willa.

— Évidemment, dit fièrement la présidente. Ajoutez-le à votre potion pendant qu'il est frais.

Azmina ouvre la pomme magique et y verse le miel. La poudre de graines de tournesol se transforme instantanément en liquide bouillonnant de couleur caramel. Azmina referme la pomme, dont l'extérieur luit de façon magique.

— Où prévoyez-vous aller ensuite? s'enquiert la présidente.

Les filles dragons se regardent. C'est une très bonne question.

— Je pense qu'il faut trouver de l'écorce, dit Naomi. Suivez-moi. Je crois me souvenir où j'ai vu l'arbre étincelant, hier.

Azmina hésite.

— Je crois vraiment que la reine a parlé d'étincelle.

— Mais ce n'est pas logique! Quel genre d'étincelle? Et où la trouverait-on?

— Regardez derrière vous! disent les abeilles.

Les filles dragons se retournent. Au loin, un énorme volcan se profile au-dessus des arbres.

D'innombrables étincelles jaillissent à son sommet.

— C'est ça! C'est le troisième ingrédient! s'écrie Azmina.

— La Reine Arbre veut-elle vraiment qu'on aille au sommet d'un volcan? demande Naomi d'un air dubitatif. Cela semble beaucoup trop dangereux.

Azmina se tourne vers Willa.

— Qu'en penses-tu?

Willa les regarde tour à tour, avale sa salive et répond :

— Je crois que c'était de l'écorce d'arbre étincelant.

— Alors, allons-y! lance Naomi. Dépêchons-nous, car le temps s'assombrit.

Azmina refuse de bouger.

— Je suis certaine qu'il faut aller chercher une étincelle.

Frustrée, Naomi crache des nuages de paillettes par ses naseaux.

Les abeilles les observent avec intérêt.

— Les abeilles sont toujours d'accord pour se mettre d'accord, bourdonnent-elles d'un air réprobateur.

Azmina est inquiète. Les abeilles voudront-elles reprendre leur miel?

Naomi pense peut-être la même chose, car elle hausse les épaules et dit :

— Bon, tu peux aller chercher une étincelle. De notre côté, on rapportera de l'écorce. Ainsi, on aura deux fois plus de chances d'avoir le bon ingrédient.

Soulagée que Naomi ne soit pas fâchée contre elle, Azmina hoche la tête. Mais lorsque ses amies décollent et s'éloignent, elle se sent soudain très seule. Une sensation désagréable lui serre le ventre.

Vient-elle de commettre une terrible erreur?

8

Azmina déglutit et se tourne vers la présidente.

— Avez-vous des conseils à me donner avant que je vole jusqu'au volcan?

— J'ai un seul conseil : n'y va pas! répond la présidente en bourdonnant.

Azmina soupire. Ce n'est pas le conseil qu'elle espérait.

— Le volcan a été très actif ces derniers temps, ajoute la présidente. Il y a d'énormes jets de lave et ce n'est pas sécuritaire.

Azmina regarde le volcan. Il crache de la lave en fusion vers le ciel. Il est évident que ce sera dangereux. Toutefois, elle est convaincue qu'elle doit y aller. C'est presque comme si le volcan l'appelait.

De plus, je suis une fille dragon! se dit-elle. Ses écailles pailletées lui donnent une dose supplémentaire de courage.

— La lave brûlante n'est pas ton plus gros problème, dit l'une des abeilles comme si elle pouvait lire dans ses pensées. Tu as dit que les Esprits de l'Ombre étaient de retour. Si c'est vrai, ils feront tout pour t'arrêter.

— Tu devrais rester avec tes amies. Ce serait plus sûr! ajoute une autre abeille.

Azmina fait la grimace. Elle ne veut pas y aller seule. Mais elle n'a pas le choix!

Au même moment, elle sent quelque chose de doux contre son aile.

— Tu n'es pas seule, ronronne Papilion.

Elle l'enveloppe de son aile. Aller jusqu'au volcan ne lui semble plus aussi terrifiant, à présent.

— Viens, Papilion. Allons-y!

Elle lève les yeux en s'élançant au-dessus des arbres avec Papilion. Le soleil semble enveloppé d'une étrange étoffe sombre.

C'est pour ça que tout s'obscurcit! se dit Azmina. Le soleil est presque à moitié recouvert.

Et ce n'est pas tout. Elle a le sentiment que quelqu'un les suit. De temps à autre, elle sent quelque chose de froid l'effleurer. Lorsqu'elle baisse les yeux, elle ne voit jamais rien. Mais dès qu'elle tourne la tête, la sensation revient.

— Papilion! dit-elle d'un ton qu'elle veut

courageux et plein d'entrain. Voyons à quelle vitesse on peut aller!

Dans sa vie ordinaire, quand elle fait semblant d'être courageuse, elle finit souvent par l'être réellement. Elle espère que cela fonctionnera également dans la Forêt magique!

Le volcan se dresse devant eux, crachant du feu et de la fumée. Azmina fronce les sourcils. Aller chercher une étincelle au sommet d'un volcan actif, c'est une première pour elle. Il y a de grandes chances que ça tourne mal!

— Ne t'inquiète pas, ronronne Papilion à son oreille. Je sais que tu peux le faire.

— Merci, dit-elle.

Elle est heureuse d'avoir son petit ami de la forêt auprès d'elle.

Le grondement de la lave bouillonnante s'intensifie à leur approche. Des bouffées d'air chaud les enveloppent, comme si un énorme séchoir à cheveux était braqué sur eux. Une pluie d'étincelles jaillit, scintillantes comme des étoiles filantes.

Malgré le danger, le cœur d'Azmina bondit. Elle est certaine qu'elle doit recueillir une étincelle du volcan. Elle baisse la tête et file à toute vitesse vers le sommet. Il n'est pas question d'abandonner maintenant!

Mais en atteignant le sommet, elle s'immobilise

soudainement. Elle est incapable d'avancer ou de reculer! Elle est coincée dans une espèce de filet.

Elle baisse les yeux et voit des ombres grisâtres autour de ses pattes et de sa queue. Les ombres sont fines et presque transparentes, mais solides. Malgré tous ses efforts, elle ne peut pas bouger!

— Je suis piégé, moi aussi, grogne Papilion. Les Esprits de l'Ombre nous ont attrapés dans leurs filets.

Plus Azmina se débat, plus le filet se resserre. La panique monte en elle.

— Papilion, qu'est-ce qu'on va faire?

Un gémissement attristé lui répond. Le petit animal est complètement couvert de filets d'ombre.

Un sentiment de rage envahit Azmina, repoussant sa panique. *Comment osent-ils?*

Un rugissement prend naissance au fond de sa gorge. Il est plus puissant que tout ce qu'elle a éprouvé jusqu'à maintenant. *Grrrrrrrrr!*

Au son de ce rugissement, les filets commencent à se réduire en cendres. Soudain libres, Azmina et Papilion s'élancent dans les airs. Des paillettes dorées se répandent derrière les ailes d'Azmina. Papilion émet un petit rugissement heureux en volant à ses côtés.

Ensemble, ils survolent le volcan. Au-dessous d'eux, Azmina peut voir la lave bouillonner comme de la soupe dans une marmite.

Tout à coup, elle ressent une vive douleur à l'aile droite. Elle a si mal qu'elle ne peut plus la bouger. Elle agite son autre aile, mais en vain. Aucune créature ne peut voler avec une seule aile! Elle se met à chuter en culbutant vers la lave.

— Bats des ailes! crie Papilion.

— Je ne peux pas. J'ai une crampe à l'aile! lance-t-elle en plongeant de plus en plus vite.

Au moment où elle va frapper la lave en fusion, elle réussit à agiter son aile gauche suffisamment pour obliquer vers le côté du cratère. Elle parvient à agripper une saillie rocheuse avec une griffe. Elle a cessé de tomber, mais elle est loin d'être en sécurité. Elle est suspendue à une griffe au-dessus

de la lave bouillonnante!

Papilion descend la rejoindre et tourne

anxieusement son petit visage duveteux vers elle :

— Qu'est-ce que je peux faire?

Azmina réfléchit. Il doit bien y avoir un moyen de résoudre ce problème! Devrait-elle envoyer Papilion prévenir la Reine Arbre? Ou demander l'aide des abeilles? Sauf qu'elle ne sait pas combien de temps elle réussira à tenir!

Peut-être que si je lâche prise, ma crampe disparaîtra et je pourrai voler vers un endroit sûr? pense-t-elle. Mais c'est trop risqué. Si son aile a toujours une crampe, elle tombera dans la lave.

Il ne lui reste plus beaucoup d'options.

Elle regarde autour d'elle et voit une autre corniche un peu plus haut. Elle se dit qu'elle pourrait peut-être se balancer pour prendre un élan et l'atteindre. Cette corniche est plus large et stable que l'endroit où elle est en ce moment. De là, elle pourra peut-être grimper jusqu'au bord.

C'est risqué, mais c'est sa seule idée.

— Attention, Papilion! Je vais tenter quelque chose.

Elle commence à compter dans sa tête. Un, deux...

Mais avant de se rendre à trois, une ombre s'abat sur elle. Oh non! Les Esprits de l'Ombre sont de retour! Elle n'avait pas besoin de ça! Sera-t-elle en mesure de les chasser de nouveau avec son rugissement?

Elle prend une grande inspiration et se prépare à pousser un autre cri. Mais lorsqu'elle rejette la tête en arrière, elle s'arrête. Car les créatures qui se trouvent au-dessus d'elle ne sont pas des Esprits de l'Ombre. Ce sont deux dragons, l'un aux teintes arc-en-ciel et l'autre de couleur argentée.

— Willa? Naomi? Vous êtes vraiment là? s'exclame Azmina, qui n'en croit pas ses yeux.

— Oui, c'est nous! répond Willa en s'approchant avec Naomi.

Elles soulèvent Azmina sous leurs ailes et la transportent vers le bord extérieur du cratère. Des étincelles brûlantes volent au-dessus de leurs têtes comme des étoiles filantes.

— Comment avez-vous su que j'avais besoin d'aide? demande Azmina pendant que Papilion s'approche pour se blottir contre elle.

— On ne le savait pas, dit Willa. Mais on se sentait coupables de te laisser seule. Je sais qu'il faut parfois faire des choses par soi-même, mais on regrettait de ne pas t'avoir accompagnée.

— Et j'ai compris que tu avais raison pour le dernier ingrédient, ajoute Naomi. Alors, on a fait demi-tour. Mais on ne s'attendait pas à te trouver suspendue à l'intérieur du volcan!

— Ce n'était pas prévu, admet Azmina. Je suis tellement contente de vous voir! Vous m'avez sauvée!

— On forme une équipe, non? dit Naomi en souriant. Comme tu l'as dit aux abeilles luisantes, on est censées s'aider mutuellement.

Un jet de lave jaillit devant elles.

Willa se penche en avant.

— As-tu attrapé une étincelle?

Azmina secoue la tête.

— Je ne sais pas comment faire. Et puis, a-t-on besoin d'une seule étincelle ou de plusieurs?

Et comment vais-je l'ajouter à la potion sans me brûler?

Elle ne mentionne pas sa plus grande inquiétude.

Et si je me trompe et que l'étincelle n'est pas le dernier ingrédient?

— C'est facile d'attraper une étincelle, dit Naomi. Tu n'as qu'à ouvrir la pomme et la laisser tomber dedans.

Azmina ne peut s'empêcher de rire. C'est un plan si simple, si parfait!

— Pourquoi n'y ai-je pas pensé avant?

— C'est à ça que servent les amis! réplique Naomi en souriant.

En sortant la pomme du sac, Azmina éprouve une douce chaleur. Ce n'est pas seulement à cause du volcan; Naomi la considère comme une amie.

— Je crois que tu sauras quelle étincelle attraper quand tu la verras, dit Willa d'un air pensif. Fais-toi confiance.

— Mais tu ferais mieux de te dépêcher, ajoute Naomi en pointant vers le haut. Regarde.

Le soleil est presque entièrement recouvert par l'enveloppe sombre. Il n'y a pas de temps à perdre. Azmina saisit la pomme magique et se tourne face au volcan.

Au moment où le prochain jet d'étincelles est projeté dans les airs, son attention est attirée par une étincelle plus grosse et plus brillante que les autres.

— Celle-là, déclare-t-elle.

C'est son étincelle, elle en est certaine. Elle s'empresse d'ouvrir la pomme. Mais au moment où l'étincelle est presque à sa portée, le vent l'entraîne plus loin.

— VAS-Y, AZMINA! crie Willa. Attrape-la!

Où est passée l'étincelle? L'air est rempli de

cendres et sa vision est obscurcie. Puis elle distingue quelque chose qui brille au-dessus de sa tête. La voilà! En agitant son aile valide de toutes ses forces, elle bondit dans les airs. Elle recueille l'étincelle dans la pomme et la referme en retombant sur le sol.

Ses deux amies se précipitent vers elle.

— L'as-tu attrapée? demande Naomi.

— Je crois que oui, répond Azmina, le souffle court.

— Regardez! s'écrie Willa en désignant la pomme.

De la vapeur scintillante s'en échappe. Les filles dragons se regardent. Est-ce un bon signe ou viennent-elles de gâcher la potion?

— Ouvre-la! dit Naomi.

Azmina ouvre soigneusement la pomme et regarde à l'intérieur. Le mélange doré pétille comme une boisson gazeuse.

— Ça sent tellement bon! murmure Willa, qui inspire profondément, les yeux fermés.

— Mais il ne se passe rien! s'exclame Azmina en levant les yeux.

Le soleil est toujours couvert de bandelettes d'ombre et la forêt s'obscurcit de plus en plus.

— La potion doit être complète, insiste Naomi en la humant. Elle sent trop bon pour qu'on se soit trompées.

Azmina est d'accord. Elles doivent peut-être trouver quoi faire avec la potion? Elle ferme les yeux et hume son arôme. Instantanément, la crampe de son aile disparaît. En fait, elle se sent plus forte que jamais.

— Heu... les filles? entend-elle Naomi dire, la voix tremblante d'excitation. Essayez de battre des ailes. Je me sens très forte. Comme si j'étais turbopropulsée!

Azmina ouvre les yeux et remue doucement ses ailes. Elle s'élève aussitôt dans les airs. Naomi a raison! Elle se penche au-dessus de la pomme et inspire encore un

peu de cette douce fragrance. Puis, elle donne deux petits coups d'aile et se met à filer comme une fusée, suivie d'une traînée de paillettes dorées.

— Je comprends tout! s'écrie Willa en la rejoignant. La potion nous rend super puissantes. Comme ça, on va pouvoir aller jusqu'au soleil et enlever ces bandages.

— Je ne pense pas que ce soit possible de voler jusque-là, réplique Azmina. De plus, on se brûlerait, non?

— Le soleil est différent, ici, fait remarquer Willa.

C'est vrai. Le soleil au-dessus de la Forêt magique est plus gros que celui du monde normal et a une teinte violacée. Mais il se trouve tout de même à une grande distance.

Azmina regarde Naomi.

— Qu'en penses-tu?

— Il faut bien qu'on fasse quelque chose, répond-elle d'un ton hésitant.

Azmina hoche la tête en pensant aux abeilles. Il est plus important que jamais de collaborer.

— Allons-y, les filles! s'écrie-t-elle.

Elles s'élèvent dans les airs dans un nuage de paillettes.

Elles volent de plus en plus haut, de plus en plus vite, jusqu'à ce que le volcan ne soit qu'un point tout en bas. Toutefois, même avec leur nouvelle turbopuissance, il devient vite évident qu'il leur sera impossible d'atteindre le soleil. Il est beaucoup trop loin.

Azmina lève anxieusement la tête. Seul un petit croissant de soleil brille toujours. Son cœur bat de frustration dans sa poitrine. L'idée que le soleil soit étouffé est terrible! Un instant plus tard, la dernière lanière dorée disparaît et une ombre crépusculaire s'abat sur le territoire.

L'ombre est si dense que les filles dragons ne peuvent distinguer leur visage. Seuls leurs yeux brillants sont toujours visibles.

— Trop tard! s'écrie Willa.

Azmina sent la colère monter en elle. C'est impossible! La Forêt magique fait déjà partie d'elle. La pensée que les Esprits de l'Ombre vont la contrôler est intolérable. Elle ne peut l'accepter.

— NON! rugit-elle, plus fort qu'elle n'a jamais rugi auparavant.

— Rugis encore, Azmina! crie Naomi dans la pénombre.

Étonnée, Azmina obéit à son amie. Rugir est exactement ce qu'elle a envie de faire. *Grrrrr!*

Cette fois, elle comprend pourquoi Naomi le lui a demandé. Pendant qu'elle rugit, l'enveloppe qui cache le soleil commence à se dissoudre.

— Regardez! crie Naomi.

Un rayon de soleil, éclatant, chaud, plein d'espoir, perce le ciel.

— La potion n'a pas seulement turbopropulsé nos ailes! s'exclame Willa. Elle nous a donné plus de puissance de rugissement!

— Oui! dit Azmina. La seule chose qui manquait à la potion, c'était nous!

— Parlons moins, rugissons plus! dit Naomi en riant, avec un regard déterminé. Faisons disparaître ces ombres!

Ensemble, les trois filles dragons inspirent profondément. Puis elles rugissent à l'unisson, de toute la force de leurs poumons. L'air est rempli de paillettes dorées, argentées et arc-en-ciel qui virevoltent et tournoient. Cette fois, grâce à la puissance de leurs rugissements réunis, tout s'accélère.

L'enveloppe d'ombre se met à crépiter et à se désagréger. Une fine poussière flotte dans l'air. Des formes grises volètent désespérément, mais les

Esprits de l'Ombre ne parviennent pas à réparer leur filet. Pendant que les paillettes multicolores

des dragons tourbillonnent autour du soleil, les dernières bandelettes se désintègrent.

C'est le plus beau spectacle qu'Azmina ait jamais vu. La chaleur du soleil radieux remplit l'air de nouveau. C'est si agréable d'être ici, de travailler de concert avec les autres filles dragons pour sauver la Forêt magique!

— Ça a fonctionné! s'écrie Willa. On a réussi!

Naomi s'approche avec une drôle d'expression :

— Je ne sais pas si je dois pleurer ou rire.

— Moi, je sais ce que j'ai envie de faire, rétorque Azmina en souriant.

Elle s'élance dans les airs et se met à effectuer des culbutes les unes après les autres. Ses deux amies se joignent à elle. Quiconque les observerait en ce moment constaterait qu'elles offrent un spectacle plutôt étrange : trois dragons scintillants qui rient et rugissent en faisant des culbutes comme s'ils n'allaient jamais s'arrêter.

Juste au moment où Azmina commence à se sentir étourdie, Papilion ronronne à son oreille :

— Les oiseaux viennent d'apporter un message de la Reine Arbre. Elle veut vous voir.

— Alors, allons-y! répond-elle.

Naomi, Willa et elle exécutent chacune une dernière culbute avant de s'envoler au-dessus des arbres.

Maintenant que le soleil a repris toute sa force, la forêt est encore plus belle. Les rayons se faufilent entre les feuilles luisantes. L'herbe et les fleurs ont des couleurs plus éclatantes que jamais. Azmina sent la douce chaleur du soleil sur son dos pendant qu'elle vole avec ses amies vers la clairière.

Le plus beau, c'est que la terrible impression que les Esprits de l'Ombre rôdent aux alentours s'est dissipée. Pas complètement, toutefois. Elle a la conviction que ces mauvais esprits ne vont pas abandonner la partie aussi facilement.

— Voilà la clairière! crie Naomi.

Elles descendent vers le cœur de la Forêt

magique, où le soleil semble briller davantage qu'ailleurs. Lorsqu'elles atterrissent et s'avancent dans l'air chatoyant, les oiseaux se mettent à chanter. Quel bel accueil! Azmina a l'impression que son cœur va exploser de fierté.

La Reine Arbre prend sa forme humaine et leur sourit chaleureusement.

— Bravo, dragons des paillettes! Vous avez

relevé un défi que beaucoup auraient trouvé insurmontable. Et vous avez réussi.

— On a failli échouer. À quelques reprises, même, admet Azmina.

La reine sourit avec indulgence.

— Oui, mais vous avez toujours fini par trouver une solution. Vous avez tout ce qu'il faut pour former une équipe fantastique. Les abeilles luisantes seraient fières de vous.

Les trois filles dragons échangent un sourire ravi. Ces compliments de la Reine Arbre les remplissent de fierté.

— Voici la pomme magique, dit Azmina en sortant le fruit du sac.

Mais il est maintenant flétri, comme une vieille

pomme oubliée au fond d'un sac d'école.

— Désolée, dit-elle en avalant sa salive. Je ne sais pas ce qui est arrivé. Elle était parfaite un peu plus tôt.

— Ne t'inquiète pas, la rassure la reine. La pomme a joué son rôle. Cela signifie seulement que cette partie de votre quête est terminée.

Pendant que la reine parle, la pomme a un petit frémissement et disparaît dans un nuage de poussière étincelante avec un bruit sec. La poussière fait éternuer Azmina sept fois de suite! Ses amies ne peuvent s'empêcher de rire. Même la Reine Arbre a un petit gloussement à la fin de la série d'éternuements.

Quand tout le monde s'est calmé, la reine

reprend la parole :

— Je suis fière de vous, les filles dragons. C'est difficile pour une nouvelle équipe d'accomplir une mission au pied levé – ou à patte levée. Mais vous travaillez très bien ensemble. Maintenant, vous devez retourner chez vous et vous reposer. Votre absence sera remarquée si vous restez plus longtemps. Mais j'aurai besoin de vous demain. D'autres défis vous attendent. Puis-je compter sur vous?

— Bien sûr! s'écrient-elles en chœur.

— Comment va-t-on retourner chez nous? demande Azmina, soudain impatiente de revoir sa mère.

— De la même façon dont vous êtes arrivées,

répond la reine. Choisissez un fétiche de voyage sur lequel vous concentrer, puis répétez les paroles du chant.

Une feuille dorée tourbillonne vers Azmina et se pose devant elle. Elle la ramasse et remarque que Willa et Naomi tiennent également un objet, sans distinguer de quoi il s'agit.

Azmina saisit la feuille et se concentre sur sa belle couleur et sa texture douce et fraîche.

Juste avant de prononcer les paroles, elle entend Naomi demander :

— Azmina, veux-tu qu'on mange ensemble demain midi? Pour discuter des filles dragons?

Elle sourit et hoche la tête, trop heureuse pour parler. Elle n'est plus la nouvelle. Elle a réussi à s'intégrer!

Accompagnée de ses amies, elle se met à répéter :

Forêt magique, Forêt magique,

viens explorer, je t'attends...

Forêt magique, Forêt magique,

entends-tu les rugissements?

Un vent chaud l'enveloppe et la soulève, la fait tournoyer, puis la dépose de nouveau sur le sol. Quand elle ouvre les yeux, elle est dans son jardin. Elle baisse la tête. Ses ailes et ses pattes ont disparu. Son corps doré de dragon aussi. Elle ressemble de nouveau à une fille normale.

Elle cligne des yeux. Ce qui s'est produit dans la forêt lui semble totalement irréel.

La porte de la maison s'ouvre et elle entend sa mère crier :

— Azmina! Viens souper!

Pourtant, c'était réel, se dit-elle en gravissant les marches pour entrer dans la maison. *Je suis vraiment le dragon des paillettes dorées!*

Tourne la page pour avoir un avant-goût de l'aventure de Willa!

Willa ne peut s'empêcher de remarquer que la reine a l'air fatiguée. Ses bras sont-ils plus minces? Et ses grands yeux bruns, moins pétillants?

— Pardon, Reine Arbre, est-ce que vous allez bien? demande-t-elle d'un ton anxieux.

La Reine Arbre lui adresse un sourire, qui est moins éclatant que d'habitude.

— Je me sens mieux maintenant que mes filles dragons sont ici. Mais c'est vrai que je suis moins forte. Les Esprits de l'Ombre sont toujours à l'œuvre, vous savez.

— Je croyais qu'on était en sécurité dans la clairière, dit Naomi en fronçant les sourcils.

— Tout ce qui se trouve dans la clairière est en sécurité, confirme la reine. Toutefois, mes racines s'enfoncent profondément dans la terre et puisent l'eau d'une rivière souterraine. Les Esprits de l'Ombre s'attaquent à cette eau.

Willa pense aux étranges tourbillons d'un noir d'encre qu'elle a aperçus dans la rivière. Elle frissonne en se remémorant les paroles de Delphina.

— Est-ce vrai qu'ils travaillent pour la Reine de l'Ombre?

Les autres la regardent avec curiosité, mais la reine se contente de hocher la tête.

— Elle s'est tenue tranquille très longtemps, mais elle a retrouvé de la force.

Les trois filles dragons échangent un regard inquiet.

À PROPOS DES AUTEURES

Maddy Mara est le nom de plume du duo créatif australien Hilary Rogers et Meredith Badger. Hilary et Meredith collaborent depuis près de deux décennies pour créer des livres pour enfants.

Hilary est une auteure et ancienne éditrice qui a créé plusieurs séries vendues à des millions d'exemplaires. Meredith a signé d'innombrables livres pour enfants et jeunes adultes, et enseigne l'anglais langue seconde aux enfants.

Les filles dragons est leur première collaboration sous le pseudonyme Maddy Mara, qui combine les prénoms de leurs filles respectives.